AF312505

1893   27 Mars.

| 553 | Chambre des Commissaires-Priseurs |
| | Envoi à la Bibliothèque Nationale |

VENTE AUX ENCHÈRES PUBLIQUES

APRÈS DÉPART

D'UNE

COLLECTION DE FAÏENCES

RÉVOLUTIONNAIRES, de 1790 à 1793

Plats, Assiettes, Saladiers, Faïences de Strasbourg et de Nevers

TABLEAUX ANCIENS, PASTELS, DESSINS

Des Écoles Française, Hollandaise, Italienne

TABLEAUX MODERNES

Par Lavieille, K. Daubigny, Guérin des Largrais, etc.

IMPORTANT MOBILIER MODERNE

MAGNIFIQUE LIT ET PSYCHÉE, STYLE LOUIS XIII, EN NOYER D'AMÉRIQUE

Ayant figuré à l'Exposition universelle de 1878

BELLE CHAMBRE A COUCHER HENRI II, LIT AVEC BALDAQUIN

Meubles de chambre à coucher, Meubles de salon, **Meubles courants**
Tapis, Tentures, Glaces, **Pendule Empire**, Armes
Coffre-Fort, Objets de vitrine, **Tapis d'Aubusson**, Bijoux
Plaqué, Ruolz, Ustensiles de cuisine, nombreux Débarras

PIANO

10 TAPISSERIES : PERSONNAGES ET VERDURES

HOTEL DROUOT, SALLE N° 2

Les Lundi 27, Mardi 28 et Mercredi 29 Mars 1893

A DEUX HEURES

Me JULES PLAÇAIS	M. G. LEGAY
COMMISSAIRE-PRISEUR	EXPERT
Rue Hippolyte-Lebas, 5	Rue Chaptal, n° 22 bis

M LEFEBVRE, Antiquaire, rue de Châteaudun, 35

CHEZ LESQUELS SE DISTRIBUE LE CATALOGUE

EXPOSITION PUBLIQUE

Le Dimanche 26 Mars 1893, de 1 heure 1/2 à 5 heures 1/2

IMPRIMERIE MAULDE et RENOU

A. MAULDE & Cie

IMPRIMEURS DE LA COMPAGNIE DES COMMISSAIRES-PRISEURS

Rue de Rivoli, 144

VENTE AUX ENCHÈRES PUBLIQUES

APRÈS DÉPART

D'UNE

COLLECTION DE FAÏENCES

RÉVOLUTIONNAIRES, de 1790 à 1793

Plats, Assiettes, Saladiers, Faïences de Strasbourg et de Nevers

TABLEAUX ANCIENS, PASTELS, DESSINS

Des Écoles Française, Hollandaise, Italienne

TABLEAUX MODERNES

Par Lavieille, K. Daubigny, Guérin des Largrais, etc.

IMPORTANT MOBILIER MODERNE

MAGNIFIQUE LIT ET PSYCHÉE, STYLE LOUIS XIII, EN NOYER D'AMÉRIQUE

Ayant figuré à l'Exposition universelle de 1878

BELLE CHAMBRE A COUCHER HENRI II, LIT AVEC BALDAQUIN

Meubles de chambre à coucher, Meubles de salon, **Meubles courants**
Tapis, Tentures, Glaces, **Pendule Empire**, Armes
Coffre-fort, Objets de vitrine, **Tapis d'Aubusson**, Bijoux
Plaqué, Ruolz, Ustensiles de cuisine, nombreux Débarras

PIANO

10 TAPISSERIES : PERSONNAGES ET VERDURES

HOTEL DROUOT, SALLE Nº 2

Les Lundi 27, Mardi 28 et Mercredi 29 Mars 1893

A DEUX HEURES

Mᵉ JULES PLAÇAIS	M. G. LEGAY
COMMISSAIRE-PRISEUR	EXPERT
Rue Hippolyte-Lebas 5,	Rue Chaptal, nº 22 *bis*

M. LEFEBVRE, Antiquaire, rue de Châteaudun, 35

CHEZ LESQUELS SE DISTRIBUE LE CATALOGUE

EXPOSITION PUBLIQUE

Le Dimanche 26 Mars 1893, de 1 heure 1/2 à 5 heures 1/2

ORDRE DES VACATIONS

Lundi 27 Mars

FAÏENCES RÉVOLUTIONNAIRES, OBJETS DE VITRINE

Mardi 28 Mars

TABLEAUX, OBJETS DE VITRINE ET D'AMEUBLEMENT

Mercredi 29 Mars

MOBILIER

A 4 heures les **TAPISSERIES**

CONDITIONS DE LA VENTE

Elle sera faite au comptant.

Les Acquéreurs paieront CINQ POUR CENT en plus du prix d'adjudication.

A. MAULDE et Cᵢᵉ, imprimeurs de la Cⁱᵉ des Commissaires-Priseurs, rue de Rivoli, 144.   200—31889

FAÏENCES

ÉPOQUE DE LA RÉVOLUTION

1 — Plat : « *Vive la liberté sans licence* » en médaillon. Olivier, à Paris.

2 — **Nevers**. Petit Saladier. Croix, crosse, épée en croix : « *Vive la Nation, 1791* ».

3 — **Nevers**. Un Saladier (Côtes). Attributs.

4 — **Nevers**. Un Saladier : « *Je suis las de les porter* ».

5 — **Nevers**. Un Saladier : Prise de la Bastille.

6 — **Nevers**. Un Saladier : « *Mirabeau est mort* ».

7 — **Nevers**. Une Assiette. Bêche supportant une couronne, trois médaillons, épées, crosses et cœurs.

8 — **Nevers**. Une Assiette. Colonne supportant une couronne, bêche et râteau s'y appuyant.

9 — **Strasbourg**. Une Assiette. Bêche, crosse, épée, couronne : « *V. L. N.* ».

10 — **Nevers.** Une Assiette. Bêche supportant une couronne avec banderolles : « *Force, Union* ».

11 — **Nevers.** Mme Rolland (Provenant de la vente Champfleury).

12 — **Nevers.** Une Assiette. Médaillon rond, couronne surmontant un médaillon de fleurs de lis et attributs.

13 — **Nevers.** Assiette. Colonne à droite, drapeaux et tambours à gauche.

14 — **Nevers.** Une Assiette. Prise de la Bastille ; canon, boulets à terre ; à droite, forteresse.

15 — **Nevers.** Une Assiette. Faisceau de licteur et attributs.

16 — **Nevers.** Une Assiette. Couronne supportée par une bêche, crosse et épées en croix, grandes palmes.

17 — **Nevers.** Une Assiette. Couronne sur cœurs et attributs : « *Liberté, Constitution* ».

18 — **Nevers.** Une Assiette : « *Vive la République française, 1793* ». Bonnet phrygien et lances croisées.

20 — **Nevers.** Une Assiette. Amours volant tenant un drapeau avec lettre : « *P.* ».

21 — **Nevers.** Assiette. Bêche supportant une couronne et attributs.

22 — **Nevers.** Une Assiette. Médaillon rond, trois fleurs de lis, draperies, main tenant des sabres.

23 — **Nevers.** Une Assiette. Grand cœur traversé par une bêche, crosse et épées coisées.

24 — **Nevers.** Une Assiette. Amours à genoux tenant une bêche; à gauche, un temple.

25 — **Nevers.** Une Assiette. Couronne avec banderolles, fleur de lis dégradée, crosse et épée sur bêche.

26 — **Nevers.** Une Assiette. Faisceau de licteur supportant un bonnet phygien, drapeau : « *Liberté-Égalité* ».

27 — **Nevers.** Une Assiette. Médaillon, attributs 1790 : « *Tres in uno* ».

28 — **Nevers.** Une Assiette. Le livre de la Constitution et attributs placés au centre.

29 — **Nevers.** Une Assiette. Amour avec trompette : « *La Paix* »

30 — **Nevers.** Une Assiette. Faisceau de licteur entouré de drapeaux : « *W la Liberté* ». Cœur.

31 — **Nevers.** Une Assiette. Couronne, fleur de lis dégradée, cœur, crosse, épée, balances.

32 — **Nevers.** Une Assiette. Médaillon : Tombeau de Mirabeau entouré d'arbres.

33 — **Nevers.** Une Assiette : « *Le Trésor national ·.·* », 1791.

34 — **Nevers.** Assiette. Double médaillon : « *Union, Force, Liberté, Patrie* ».

35 — **Nevers.** Une Assiette. Attributs agricoles.

36 — **Nevers.** Une Assiette. Deux enfants tenant un oiseau; profil de guillotine.

37 — **Nevers.** Une Assiette. Faisceau de licteur, sceptre, bonnet phrygien : « *Constitution* ».

38 — **Nevers**. Une Assiette. Enfant tenant un drapeau, attributs guerriers.

39 — **Nevers**. Une Assiette. Couronne sur attributs, grande banderolle.

40 — **Nevers**. Une Assiette. Cage : Oiseau s'envolant.

41 — **Nevers**. Une Assiette : « *A ça ira* ». Canon et boulets.

42 — **Nevers**. Une Assiette. Arbre de liberté, drapeau ; médaillon rond : « *Liberté, 1792* ».

43 — **Nevers**. Une Assiette : « *Aux mânes de Mirabeau, la patrie élève ce tombeau* ».

44 — **Nevers**. Une Assiette. Fût de colonne et balance : « *La Loi et la Justice, 1791* ».

45 — **Nevers**. Une Assiette : « *Le Serment civique, la Nation, la Loi, le Roy* ».

46 — **Nevers**. Une Assiette. Enfant avec drapeau : « *W la Liberté* ».

47 — **Nevers**. Une Assiette. Drapeau et bonnet phrygien ; médaillon : « *W la Convention* ».

48 — **Nevers**. Une Assiette. Beaux attributs sur fleurs de lis : « *Constitution* ».

49 — **Nevers**. Une Assiette. Beaux attributs surmontés d'un F.

5o — **Nevers**. Une Assiette. Gerbe de blé et attributs agricoles.

51 — **Nevers**. Une Assiette. Enfant avec drapeaux et attributs militaires, décor guirlande.

52 — **Nevers**. Une Assiette. Trois médaillons avec rameaux : « *W les bons Citoyens* ».

53 — **Strasbourg**. Une Assiette. Arbre : « *La Liberté ou la Mort.* »

54 — **Strasbourg**. Une Assiette. Drapeau et Bonnet phrygien.

55 — **Nevers**. Une Asssiette. Médaillon, soleil, fleur de lis, équerre, compas : « *Fidelitas, Pax et Concordia* ».

56 — **Nevers**. Une Assiette. Fleur de lis, drapeaux et couronne de lauriers : « *W. L. R.* ».

57 — **Nevers**. Une Assiette. Cœur avec clef : « *Il ne s'ouvre qu'à vous* ».

58 — **Nevers**. Une Assiette. Tour avec personnage agitant un mouchoir.

59 — **Nevers**. Une Assiette. Coq chantant sur un canon : « *Je veille sur la Nation* ».

60 — **Nevers**. Une Assiette. Médaillon, factionnaire devant une bastille.

61 — **Nevers**. Une Assiette. Médaillon octogone, rubans : « *W la Nation* », 1792.

62 — **Nevers**. Une Assiette. Couronne supportée par trois médaillons, attributs : « *W la Nation* ».

63 — **Nevers**. Une Assiette. Couronne surmontant trois cœurs, balances, crosses, épées.

64 — **Nevers**. Une Assiette. Montgolfière avec drapeau : « *Adieu* ».

65 — **Nevers**. Une Assiette. Coq debout sur un faisceau, bêche, crosse, épée.

66 — **Nevers**. Une Assiette. Médaillon, couronne et fleur de lis : « *A H* ».

67 — **Nevers**. Une Assiette. Médaillon rond avec fleurs et attributs : « *Réunion* ».

68 — **Nevers**. Une Assiette. Colonne à droite : « *la Loi, le Roi, la Nation* », drapeau avec soleil.

69 — **Nevers**. Une Assiette. Centre, tambour, drapeau, crosse, épée, cœur : « *W la Nation, la Loi, le Roi* ».

70 — **Nevers**. Une Assiette. Médaillon rond : « *Tres in uno, 1790* », attributs.

71 — **Nevers**. Une Assiette. Chouan armé de sa faux et assis sur un tambour.

72 — **Nevers**. Une Assiette. Faisceau, fleurs de lis, au centre : « *Constitution* ».

73 — **Nevers**. Une Assiette. Socle supportant un médaillon : « *la Loi et la Justice, 1793* ».

74 — **Nevers**. Une Assiette. Agneau surmonté de fleurs de lis et couronne.

75 — **Nevers**. Une Assiette. Médaillon rond, attributs et décors : « *Réunion* ».

76 — **Nevers**. Une Assiette. Médaillon rond, bêche, cœur et attributs.

77 — **Nevers**. Une Assiette. Coq sur une bêche et attributs.

78 — **Nevers**. Une Assiette. Médaillon, trois cœurs : « *le tiers nuit* ».

79 — **Nevers.** Une Assiette. Médai..on rond, attributs et fleurs de lis.

80 — **Nevers.** Une Assiette. Gerbe de blé : « *W l'utilité, 1793* ».

81 — **Nevers.** Plat à barbe. Coq chantant sur un canon : « *Je veille, etc.* ».

82 — **Nevers.** Plat à barbe : « *L'année est finie de 1792* ».

83 — **Nevers.** Plat à barbe : « *La fin du mois, 1776* ».

84 — **Lunéville.** Pichet. Grenadier à cheval sur un tonneau : « *Dansons la Carmagnole* ».

85 — **Nevers.** Assiette. Couronne sur attributs : « *Union soutient Force* ».

86 — **Nevers.** Assiette. Couronne sur attributs : « *Union, Force* ».

87 — **Nevers.** Assiette. Couronne sur gerbe et attributs, banderolle : « *Réunion* ».

88 — **Nevers.** Assiette. Cocarde tricolore 1792.

89 — **Nevers.** Assiette. Couronne sur attributs : « *Union, Force* ».

90 — **Nevers.** Assiette. Crosse et épée dans gerbe de blé. Banderolle.

91 — **Nevers.** Assiette. Prise de la Bastille. Médaillon octogone.

92 — **Nevers.** Assiette. Bonnet phrygien sur pique.

93 — **Nevers.** Assiette. Médaillon rond avec banderolles et attributs : « *Tres in uno* ».

*

94 — **Nevers**. Assiette. Paysan tenant une banderolle : « *Vivre libre ou mourir* ».

95 — **Nevers**. Assiette. Cage avec attributs, oiseau s'envolant : « *W la Liberté* ».

96 — **Nevers**. Assiette. Trois couronnes royales. Dessin bleu.

97 — **Nevers**. Assiette. Bêche supportant couronne avec grandes banderolles : « *1790, tres in uno, vis unita fortion* ».

98 — **Nevers**. Assiette. Médaillon rond, attributs agricoles.

99 — **Nevers**. Assiette. Sans-culotte assis sur une gerbe, attributs : « *W la Nation* ».

100 — **Nevers**. Assiette. Médaillon fantaisie : « *Vive la Liberté, 1791* ».

101 — **Nevers**. Assiette. Médaillon rond, palmes en croix : « *Liberté* ».

102 — **Nevers**. Assiette. La Balançoire : « *Nous jouons de malheur, le plus fort, etc.* ».

103 — **Nevers**. Assiette. Médaillon fantaisie : « *A la Montagne* ».

104 — **Nevers**. Assiette. Arbre de Liberté, bonnet phrygien au sommet, tente en bas.

105 — **Nevers**. Assiette. Oiseau posé sur une cage ouverte.

106 — **Nevers**. Assiette. Enfant tenant un drapeau et assis sur un tambour : « *W la Nation* » ; devant lui, des attributs.

107 — **Nevers**, Assiette. Coq chantant sur un canon.

108 — **Lunéville.** Une Écritoire avec cocarde tricolore : « *W la République* ».

109 — **Nevers.** Assiette. Sans-culotte montant la garde auprès de l'arbre de la Liberté.

110 — **Nevers.** Assiette. Médaillons ; au centre une pensée ; attributs ; au-dessus une couronne.

111 — **Nevers.** Assiette. Enfant plantant un drapeau au pied de l'arbre de la Liberté.

112 — **Nevers.** Assiette. Médaillon : Fleurs de lis et attributs.

113 — **Strasbourg.** Assiette. Ballon-Montgolfière.

114 — **Nevers.** Assiette. Hôtel de la Paix : « *Je désire y arriver* ».

115 — **Nevers.** Assiette. Mains croisées, palmes : « *Droits de l'Homme* ».

116 — **Nevers.** Assiette. Palmes encadrant cette inscription : « *La Loi et la Paix* ».

117 — **Nevers.** Assiette. Canons, drapeaux en attributs. Médaillon rond : « *W la Montagne* ».

117 *bis* — **Nevers.** Assiette. Le Grenadier suisse.

118 — **Nevers**, Assiette. Drapeaux croisés, fleurs de lis : « *W le Roy* ».

119 — **Nevers.** Assiette. Lauriers encadrant trois médaillons : « *W les bons Citoyens* ».

120 — **Nevers.** Assiette. Aigle impérial sur drapeau tenant une couronne.

121 — **Nevers**. Assiette. Socle de colonne supportant un bonnet phrygien.

122 — **Nevers**. Assiette. Médaillon, fleurs de lis, gerbes et attributs.

123 — **Nevers**. Assiette. Le Camp.

124 — **Strasbourg**. Assiette. Attributs divers.

125 — **Nevers**. Assiette. Tombeau de Mirabeau.

126 — **Nevers**. Assiette. Médaillon fantaisie : « *W la Nation, la Loi, le Roy* ».

127 — **Nevers**. Assiette. Médaillon fantaisie : « *A la Nation* ».

128 — **Nevers**. Assiette. Médaillon fantaisie : « *W la Nation, la Loi et le Roy, 1790* ».

129 — **Nevers**. Assiette. Couronne et attributs.

130 — **Nevers**. Assiette. Couronne et attributs disposés en médaillons.

131 — **Nevers**. Assiette. Adolescent tirant le canon : « *Je garde la Nation* ».

132 — **Nevers**. Assiette. Médaillon rond, inscription : « *W la Nation, 1794* »; au-dessus : bonnet phrygien et lances.

133 — **Nevers**. Assiette. Médaillon ovale, bonnets sur drapeaux et attributs; au-dessus : un coq.

134 — **Nevers**. Assiette. Bastille : « *Vivre libre ou mourir* ».

135 — **Nevers**. Assiette. Ballon avec nacelle : personnages.

136 — **Nevers**. Assiette. « *W l'Agriculture*, *1792* ».

137 — **Nevers**. Assiette. Vaisseau : *le Vengeur*.

138 — **Strasbourg.** Assiette. « *Vive la Nation* » sur attributs.

139 — **Nevers**. Assiette. Tombeau de Mirabeau avec quatre arbres aux coins et cette inscription : « *Aux mânes de Mirabeau, la Patrie reconnaissante, 1791 ∴* ».

140 — **Nevers**. Assiette. Attributs, bonnet phrygien, livre ouvert : « *W la République* ».

141 — **Nevers**. Assiette. Couronne supportée par une bêche, trois médaillons attributs.

142 — **Nevers**. Assiette. Balance avec attributs : « *L'Équité* ».

143 — **Nevers**. Assiette. Couronne surmontant un médaillon, attributs : « *A ça ira* ».

144 — **Nevers**. Assiette. Cage ouverte : « *W la Liberté, 1791* ».

145 — **Nevers**. Assiette. « *Pran* (sic) *garde au chat* ». Très rare.

146 — **Nevers**. Assiette. Serment des prêtres : « *Je jure de maintenir, etc.* ». Rare.

147 — **Nevers**. Assiette. Noblesse et Clergé : « *Le malheur nous réunit* ». Rare.

148 — **Nevers**. Assiette. Enfant assis tenant un médaillon surmonté d'un drapeau. Inscription : « *Que la paix règne ici* ».

149 — **Nevers**. Assiette. Coq chantant sur un canon : « *Je veille, etc.* »

150 — **Strasbourg**. Assiette. Aigle impériale.

151 — **Strasbourg**. Assiette. Médaillon fleur de lis entouré de drapeaux.

152 — Deux Plaques de revêtement. Faïence de Delft camaïeu.

153 — Un lot : diverses Porcelaines et Faïences (Sera divisé).

154 — Fontaine et Bassin cuivre rouge repoussé, Louis XIV.

155 — **Sinceny**. Compotier bleu.

156 — **Moustiers**. Assiette faïence, bordure polychrome.

157 — **Rouen**. Plat octogone, rouille et bleu.

158 — **Moustiers**. Plat rond polychrome.

159 — **Moustiers** bleu. Assiette.

160 — **Rouen**. Petit Plat oblong, décor bleu.

161 — **Rouen**. Saladier, rouille et bleu.

162 — **Nevers**. Saladier, décor polychrome.

163 — **Nevers**. Plat à barbe, décor polychrome.

164 — **Strasbourg**. Compotier dentelé, œillet.

165 — **Strasbourg**. Compotier dentelé, à la rose.

166 — **Japon** bleu. Plat rond.

167 — **Lunéville**. Assiette. Décor : Paysage.

168 — **Delft**. Compotier bleu.

169 — **Nevers**. Petite Jardinière.

170 — **Nevers**. Bassin octogone, faïence.

171 — Plat oblong (Ollivier). Bordure bleue.

172 — **Nevers**. Pichet polychrome.

173 — **Midi**. Pichet polychrome. Faïence.

174 — **Nevers.** Boîtes à épices. Faïence.

175 — **Rouen** bleu. Boîte à épices. Faïence.

176 — **Rouen** bleu. Porte-Huilier et Burettes.

177 — Porte-Huilier et Burettes, décor : rouille et bleu.

178 — **Baccarat.** Deux Cache-Pots cristal opaque, monture bronze.

179 — Deux Candélabres, bronze doré.

180 — *Le Vainqueur des Coqs* (FALGUIÈRE). Bronze de Thiébault.

181 — Deux Rapières, fer.

182 — Six petits Supports, chêne sculpté.

183 — Quatre Dagues, fer.

184 — Un lot : Étriers, Éperons, Pistolets, Grille, pain, Rasoirs chinois, Bassinoire.

185 — Fusil kabyle, Batterie à silex.

186 — **Nevers**. Deux Assiettes diverses. Révolution.

187 — **Saint-Cloud.** Buste tendre blanc : Connétable de Montmorency.

188 — **Saint-Clément**. Vase piédouche à anses, deux médaillonsblanc et or. Faïence.

189 — **Moustiers**. Vasque de fontaine contournée. Faïence polychrome. Sujet.

190 — Peinture carrée sur cuivre (Ecole des Franck). *La Descente de croix*, d'après RAPHAEL.

191 — Groupe, terre cuite dans le goût de Clodion : *Faune et Bacchante*.

192 — Buste, terre cuite : *Tête d'Enfant*.

193 — Lampe Chine vert, monture bronze fumé. Style japonais.

194 — Miniature ronde sur ivoire. Époque de la Révolution : « *Vive la Nation* ».

195 — Portrait ovale *Bourgeois-Bourgeoise*. Époque de la Révolution.

196 — Un lot : diverses Médailles, cuivre et étain (Révolution).

197 — **Vieux Delft** bleu. Grande Potiche préparée pour la monture.

198 — **Vieux Delft** bleu et blanc. Bouteille.

199 — Carton de **Gravures**. (Sera divisé.)

200 — Un lot : Cadres, Miniatures et autres.

200 *bis* — Divers Objets omis au Catalogue.

TABLEAUX ANCIENS ET MODERNES

Des Écoles : Française, Hollandaise, Flamande, Italienne

PAR ET ATTRIBUÉS A :

201 — **Berghem.** La Rentrée du Troupeau.

202 — **Boucher.** Le Sommeil de la Nymphe.

203 — **Chardin.** Portrait de vieille Femme (sans cadre).

204 — **Chardin** (École de). Cuisinières.

205 — **Coypel.** L'Enlèvement de Cléopâtre.

206 — **Daubigny** (Karl). Les Environs de Londres.

207 — **Diaz.** Sous Bois : Paysage.

208 — **Diaz.** Le Sommeil de Psyché (Pastel).

209 — **Diaz** (École de). Lisière de Bois.

210 — **Diétrich.** La Marchande de gaufres.

211 — **Dubufe.** La jeune Mère.

212 — **Faverot.** Déesses et Amours.

213 — **Faverot.** Poules.

214 — **Fragonard.** La Mère des Amours.

215 — **Granet.** Intérieur de Cloître.

216 — **Greuze.** Étude pour la Bonne Mère.

217 — **Greuze** (D'après). Le Sommeil (Contre-
épreuve).

217 *bis* — **Hobbéma.** Le Moulin.

> A droite, un troupeau de vaches et de moutons
> descend une route qui s'étend à l'infini, animée
> de personnages gagnant le village voisin que l'on
> aperçoit en perspective. Traversant un pont rus-
> tique, un paysan se rend au moulin qui occupe le
> milieu du tableau ; à une fenêtre, on voit le meu-
> nier et, sur une route à gauche, un·chasseur et
> un enfant accompagné d'un chien.
> Teinte blonde, d'une grande finesse et bien
> conservée (Signé à gauche).
> Provient de la collection du comte d'Herculaïs,
> de Lyon.
>
> H. 0ᵐ 57 ; L. 0ᵐ 83.

218 — **Grimoux.** Portrait d'Adolescent (Ovale).

219 — **Gros.** Portrait de Femme (Aquarelle).

220 — **Haffner.** Les deux Moines.

221 — **Jordaens** (J.). Jupither poursuivant une
Nymphe.

222 — **Lairesse** (G. de). Le Triomphe de Bacchus.

223 — **Lavieille.** Le Retour des Vaches.

223 *bis* — **Launay** (De). L'Escarpolette.

224 — **Loutherbourg.** Troupeau attaqué par des loups (Dessin).

225 — **Millet** (École de). Moissonneuses.

226 — **Monnoyer** (Baptiste). Vase de fruits (Sans cadre).

227 — **Oudry.** Lièvre et Perdrix.

228 — **Pagès.** Les Baigneuses.

229 — **Pagès.** Deux Paysages.

230 — **Parmesan** (Le). Le Mariage de Sainte Catherine.

231 — **Quinet.** Sujet gaulois.

232 — **Poussin.** Bacchanale.

233 — **Raoux.** L'Effrontée.

233 *bis* — **Rosalba.** L'Étang de Ville-d'Avray ; effet de matin.

234 — **Rousseau** (Attribué à). Georges d'Apremont.

235 — **Rubens** (D'après). Les Parques (Esquisse).

236 — **Seeghers** (De). Portrait dans un cartouche fleuri.

237 — **Téniers.** Capucin et jeune Fille.

238 — **Téniers** (D'après). La Tabagie.

239 — **Titien** (Le). Le Baiser.

240 — **Vallin.** Une Bacchante.

241 — **Vernon** (P.). Danseuses bohémiennes.

242 — **Wouwermans.** Le Manège.

243 — **École flamande.** Joueur de viole.

244 — **École flamande.** Portrait d'Homme.

245 — **Paysans flamands.** Deux pendants.

246 — **École hollandaise.** Les Poissons.

247 — **École italienne.** Diane au bain avec ses nymphes.

248 — **École italienne.** Étude de Femme (Pastel).

249 — **École italienne.** La Madeleine.

250 — **École romaine.** Bacchanale (Dessus de porte).

251 — **École romaine.** Les Muses (Dessus de porte).

252 — Portrait de Femme (Pastel ovale, xviiie siècle).

253 — Paysage.

254 — La Pêche.

265 — Son Pendant.

256 — La Mort de Lucrèce (Esquisse).

257 — Fleurs et Fruits, deux pendants (Aquarelles).

258 — Un lot : Lithographies et Photographies.

MINIATURES ANCIENNES

259 — Marine sur ivoire : *Environs de Gênes.*

260 — Miniature sur ivoire.

261 — Portrait de grande Dame, avec cadre en bois sculpté.

262 — Portrait de jeune Comtesse, cadre en bronze.

263 — Bonbonnière ivoire, avec portrait de grande Dame.

264 — Portrait de Marquise, cadre rond.

265 — Un Tableau (Portrait). Cadre bois sculpté.

266 — Six petits Tableaux, sans indication.

267 — Cadre bois sculpté et doré, Louis XIII.

268 — Deux Cadres, bois sculpté. Époque Louis XIII.

269 — Une Glace. *Époque de la Révolution.*

270 — Tableaux non catalogués.

BIJOUX, ARGENTERIE, PLAQUÉS, RUOLZ ET OBJETS DE VITRINE

271 — Une Bague perles et roses, monture or.

272 — Une Bague perles, grenats et brillants, monture or.

273 — Une Bague perles, grenats, saphirs et brillants, monture or.

274 — Un Bracelet argent avec miniature.

275 — Une paire Pendants, monture or.

276 — Une Sonnette en argent, Louis XIII.

277 — Fermoir de livre cuivre. Renaissance.

278 — Cuiller Renaissance, argent ciselé.

279 — Bracelet argent artistique. Signé : *Roty*, membre de l'Académie des Beaux-Arts. (Pièce historique. Rare.)

280 — Vases en grès avec bas-relief gothique.

281 — Coffret velours de Venise et ferrure cuivre de l'époque Henri II.

282 — Collier oriental et Boucles d'oreilles.

283 — Médaillon et Tombeau de l'Empereur. (Empire.)

284 — Boîte Louis XVI, ancienne.

285 — Trois Broches dont deux en argent et une émaillée. — Insignes de la Révolution.

286 — Lampe en fer et Pipe garnie argent.

287 — Parure argent, composée de : Pendants, Épingle et croix.

288 — Croix filigrane argent émaillée et pierreries, perles.

289 — Croix or ancienne et pierres fines.

290 — Une Boîte tire-lire, cuivre et vieil argent.

291 — Deux Vases à frapper le champagne, métal argenté.

292 — Quatre Troncs en ruolz.

293 — Une Bouillotte cuivre pour punch.

294 — Trois Couverts ruolz.

295 — Deux Louches ruolz.

296 — Cinq Cuillers à fruits.

297 — Douze Cuillers pour sodas en ruolz.

298 — Deux douzaines de Cuillers à escargots ruolz.

299 — Une douzaine de Fourchettes métal argenté.

300 — Une douzaine de Cuillers à café ruolz.

301 — Deux Couverts à salade en ruolz.

302 — Deux Fourchettes à découper en ruolz.

303 — Trois Porte-Cartes en ruolz.

304 — Une Pince à asperges en ruolz.

305 — Cinq Cuillers à punch en ruolz.

306 — Trois Cuillers à sucre en ruolz.

307 — Lot de Médailles et Plaquettes.

308 — Lot de Monnaies anciennes en argent.

309 — Lot de Pierres gravées, camées.

310 — Trois Lampes terre cuite, Vases en verre antique.

311 — Trois Statuettes antiques.

312 — Buste de Jupiter Séraphin (Antique).

313 — Deux Statuettes en bois et un cachet Femme (Statuette bronze).

314 — Quatre Plaquettes byzantines anciennes

315 — Émail byzantin ancien.

316 — Boîte ivoire.

317 — Briquet et Flacons.

318 — Peinture sur cuivre et Christ ivoire.

319 — Écusson ciselé et Fer de reliure.

320 — Médaillon : Jean-Jacques Rousseau et Voltaire, cuivre repoussé.

321 — Deux Girandoles Louis XV, bronze argenté.

322 — Un Saint-Ciboire Louis XIII, en argent ciselé.

323 — Un Bout-de-Table en argent. Époque Louis XVI.

324 — Une Plaque orientale en argent ciselé.

MEUBLES ET OBJETS D'ART ET DIVERS

325 — Splendide Lit et superbe Psychée. — Meubles brésiliens, massifs noyer d'Amérique, placage loupe noyer français. (*Ces Meubles figuraient à l'Exposition de 1878.*)

Une Chambre à coucher en chêne sculpté. Style Louis XIII. Se composant :

326 — Un Lit à colonnes torses et draperies.

327 — Une Armoire à glace.

328 — Une Table de nuit.

329 — Une Table ronde en chêne, pied sculpté, deux rallonges.

330 — Une Table, trois rallonges.

331 — Une Table de salle à manger.

332 — Une Servante chêne.

333 — Une Table de jeu chêne.

334 — Deux petites Tables chêne.

335 — Une Table de nuit acajou.

336 — Une Table à ouvrage acajou.

337 — Une jolie petite Commode marqueterie, ornée de bronzes, dessus marbre. Epoque Louis XV.

337 *bis* — Commode Louis XV.

338 — Un Fauteuil, style Henri II.

339 — Deux Chaises caqueteuses. Style Renaissance.

340 — Deux Chaises, style Louis XIII.

341 — Une Chaise ancienne, bretonne.

242 — Deux Paravents chêne sculpté.

343 — Un Buffet ancien avec dessus.

344 — Deux Fauteuils chêne sculpté. Style Louis XIII.

345 — Six Chaises chêne. Style Louis XIII.

346 — Deux Chaises chêne. Style Louis XIII.

347 — Un Cadran chêne. Style Louis XIII.

348 — Une Horloge avec peinture Louis XIII.

348 *bis* — Deux Candélabres Louis XVI, bronze.

349 — Une Pendule Louis XVI.

350 — Une Pendule de voyage en bronze. Style Louis XV.

351 — Une Pendule de bureau en marbre.

351 *bis* — Un Groupe bronze.

352 — Une Pendule marbre noir avec socle velours.

353 — Une Pendule dorée, globe.

354 — Une Pendule avec socle.

354 *bis* — Une Pendule à vase. Empire.

355 — Un Groupe, faïence [de Lunéville, sujet : une Bergère trait une chèvre, un jeune Garçon lui donne à manger.

356 — Une Statuette en terre de Lorraine, sujet : Jeune Marchand d'agneaux. Époque Louis XV.

356 *bis* — Deux Appliques Louis XV.

357 — Un Buste terre cuite : Portrait de Dame. Époque Louis XV.

358 — Deux Statuettes terrre cuite. Sujets allégoriques. Époque Louis XV.

358 *bis* — Une Terre cuite.

359 — Une Applique Louis XV, à deux lumières, bronze ciselé.

360 — Petit Cartel sur pied, Louis XV.

360 *bis* — Une Pendule Louis XV.

361 — Une paire Pistolets d'arçon (ancien).

362 — Deux Hallebardes.

363 — Poignard, poignée ciselée.

364 — Couteau de chasse ancien, cuivre ciselé.

365 — Longues-Vues.

365 *bis* — Une Selle et Bride.

266 — Pelle et Pincettes fer forgé.

367 — Deux Landiers, époque Louis XIII, fer forgé.

368 — Un lot de Bois sculpté.

369 — **Mario** (Arthur). Égyptienne (Terre cuite).

369 *bis* — Groupe, porcelaine de Saxe.

370 — **Mario** (Arthur). Égyptienne (Terre cuite).

371 — **Mario** (Arthur). Jeune Fille au béret (Terre cuite).

371 *bis* — Un Groupe biscuit.

372 — Deux Vases japonais, pied en bronze.

373 — Deux Vases, rouge, filet or, médaillons, paysages.

374 — Deux Vases artistiques, métal.

375 — Une Jardinière chinoise, garniture bronze.

376 — Une Lampe, porcelaine et cuivre.

377 — Treize Porte-Manteaux doublés cuivre.

378 — Vingt Porte-Manteaux en cuivre.

379 — Deux Potiches.

380 — Trois Bougeoirs frisés.

381 — Une Veilleuse cuivre.

382 — Deux Carafons cristal.

383 — Un Vase à odeurs cristal.

384 — Un Plateau porcelaine.

385 — Un Coffre-fort.

386 — Une Presse.

387 — Un Bureau acajou.

388 — Une Commode acajou, dessus marbre.

389 — Un Buffet-Étagère acajou.

390 — Deux Canapés-Divan et trois Coussins.

391 — Deux Chaises cannées cerisier.

392 — Quatre Chaises cannées palissandre.

393 — Une Toilette marbre blanc.

394 — Une Glace marron.

395 — Deux Glaces noir et or.

396 — Deux Glaces blanches.

397 — Deux Glaces carrées, dorées.

398 — Deux Glaces, médaillons dorés.

399 — Deux Glaces chêne.

400 — Deux Fauteuils acajou.

401 — Sous ce numéro nombreuse Literie.

402 — Objets non catalogués.

TAPISSERIES, TAPIS, TENTURES
ÉTOFFES

403 — Grande Tapisserie : Paysage accidenté avec château animé d'oiseaux. Bordure xviie siècle. Haut. 2^m75 ; Larg. 4^m75.

404 — Grande Tapisserie : Paysage accidenté, animé d'oiseaux. Bordure xviiie siècle. Haut. 2^m75 ; Larg. 4^m65.

405 — Petite Tapisserie : Paysage verdure, avec bordure xviiie siècle. Haut. 2^m75 ; Larg. 1^m30.

406 — Petite Tapisserie : Paysage verdure, avec bordure xviiie siècle. Haut. 2^m75 ; Larg. 1^m30.

407 — Petite Tapisserie verdure du temps de Henri III : Paysage verdure. Haut. 2^m50 ; Larg. 1^m.

408 — Grande Tapisserie représentant l'*Histoire d'Ulysse et de Pénélope* avec bordure. Haut. 2^m80 ; Larg. 3^m.

409 — Grande Tapisserie représentant l'*Histoire d'Ulysse et de Pénélope* avec bordure. Haut. 2^m80 ; Larg. 2^m60.

410 — Grande Tapisserie représentant l'*Histoire d'Ulysse et de Pénélope* avec bordure. Haut. 2^m80 ; Larg. 2^m40.

411 — Grande Tapisserie représentant l'*Histoire d'Ulysse et de Pénélope* avec bordure. Haut. 2ᵐ80; Larg. 2ᵐ20.

412 — Petite Tapisserie représentant l'*Histoire d'Ulysse et de Pénélope* avec bordure. Haut, 2ᵐ80; Larg. 2ᵐ05.

413 — Deux Chappes brochées fleurs.

414 — Une Tapisserie à fleurs Louis XIII. Bel état de conservation.

415 — Un Tapis rouge de 3ᵐ sur 4ᵐ.

416 — Un Tapis d'escalier et ses anneaux.

417 — Un Tapis moquette bouchée.

418 — Un Tapis moquette rouge.

419 — Un Dessous de Tapis.

420 — Deux Tapis de table.

421 — Six Dessus de coussins en velours d'Utrecht.

422 — Sous ce numéro seront vendus : Rideaux de fenêtres; Rideaux de lit, Embrasses, etc.

423 — Objets non catalogués.

www.ingramcontent.com/pod-product-compliance
Ingram Content Group UK Ltd.
Pitfield, Milton Keynes, MK11 3LW, UK
UKHW031733170726
13836UKWH00002B/623

9 782329 416298